锄 歌

牧 雪 著

陕西新华出版传媒集团
太白文艺出版社·西安

图书在版编目（CIP）数据

锄歌 / 牧雪著 . -- 西安：太白文艺出版社，2023.1

ISBN 978-7-5513-2224-9

Ⅰ.①锄… Ⅱ.①牧… Ⅲ.①诗集—中国—当代 Ⅳ.① I227

中国版本图书馆 CIP 数据核字（2022）第 172484 号

锄歌
CHU GE

作　　者	牧　雪
责任编辑	杨德风　刘　琪
封面设计	景行仰止
版式设计	吉　祥
出版发行	陕西新华出版传媒集团 太 白 文 艺 出 版 社
经　　销	新华书店
印　　刷	武汉鑫佳捷印务有限公司
开　　本	880mm×1230mm　1/32
字　　数	114 千字
印　　张	6
版　　次	2023 年 1 月第 1 版
印　　次	2023 年 1 月第 1 次印刷
书　　号	ISBN 978-7-5513-2224-9
定　　价	48.00 元

版权所有　翻印必究

如有印装质量问题，可寄出版社印制部调换

联系电话：029-81206800

出版社地址：西安市曲江新区登高路 1388 号（邮编：710061）

营销中心电话：029-87277748　029-87217872

代序

家园情怀的真情书写

撒玛尔罕

一

初次接触的牧雪作品是一组并不起眼的抒情诗,但牧雪这个名字让我印象深刻,放牧雪原,我在想,具有这种心境的人该是怎样的旷达和宁静。果然,人如其名,在多年的交往中我发现,牧雪真是一位心性高洁、才情出尘之人。他是一位撒拉族诗人,也是一位篮球健将,性直爽朗,痴迷文学,心灵清澈,善良温和。

牧雪年轻时候吃过很多苦,上世纪八十年代,他高中毕业以后就跟随父辈上玛多、可可西里,以及新疆阿勒泰等地挖金子,找生活。经历了高海拔雪域里的荒凉、饥饿、寒冷……这也是那一时期西部外出找生活的人所经历的独有的苦难和伤痛。他说,饥饿和寒冷都能忍受,唯独看不到文字着实令人发疯,他把从家里带出来的几本外国名著藏在简单的行李之中,一有闲暇就如饥似渴地读,简直将它们看得比命还重。

我为他这样的文学大梦默默生起敬意,当他第一次打来电话,说希望我为他即将出版的诗集《锄歌》写一段文字

时,我欣然答应。不为别的,只为他是一位地道的农民出身的诚实诗人,为他对文学的热爱与赤诚。纵览牧雪的诗集《锄歌》,大致梳理其创作的题材,发现牧雪在诗歌写作上有明显的追求倾向。一是在写作客体的取向上,关注他最熟悉的农村题材,对季节、节气、炊烟、山村、母亲、家园等高原农耕文明印记进行了挖掘和新发现;二是在写作载体的选择上,热情关注黄河流域人文景观和历史发展的脉络,对天池、黄河、骆驼泉、马尔坡、羊皮筏、筏子客等民族家园风情进行了延伸思考和歌颂。

牧雪的诗集开篇就书写了四季变换的二十四个节气。中国的二十四节气凝聚了古人的智慧,它讲述气象变化、讲述人与自然的关系、人与人的关系,讲述人类在时间交替、季节变化中生活和生存的基本法则。二十四节气中的淳朴习俗、庄严仪式和浪漫传说,在农耕文明逐渐远去的当今时代,对诗意生活的启示依然意味深长。

牧雪是热情关注苍茫大地和自然规律的书写者 荷尔德林曾说:"生命充满了劳绩,但还要诗意地栖居在这块土地上。" 牧雪作为一生与土地打交道的农民,他对"二十四节气"的理解和书写有自己独到的一面,对季节变化的感知确实异常敏感:"南边赶来的阳光/孕育春潮/六九那夜/听风吹来/我与春天的距离/和生命的私语。"(《立春》)传统文化中体现的天人相印、自然与人心相合的美好经验在他的感受和参悟中,表现得淋漓尽致。他对节气的认知充满了苦难人生和审美取向的感悟:"月光浓烈的时候/诗人的酒杯托举起故乡/撕裂天幕为笺/写满思念和乡愁。"(《寒露》)牧雪笔下的节气不仅与农业有关，还与人生有关，与每个人对生命、自然、人生宇宙的感受、认知有关。

在一首《惊蛰》诗里，他说："沉睡的/终究在雷声里惊醒/一河落霞/半池蛙声。"使我们从中悟到人生的真谛，每个人都是从自己的哭声里起程，在别人的哭声里终结。时间把生命从沉睡的孕宫里唤醒，又置入大地的怀抱期待复活。一生的善恶，是"一河"的霞光还是"半池"蛙声，最终将获得一种目光的严厉审视，宿命的主题在季节这个时间维度上，表现得干净、透彻。在《大暑》的"汗水里打捞自己/风烘干月亮"里，我们能够真切地读到农民苦涩的、辛劳的生活，这种生活令人感到沉重。他通过对农民的疾苦和境遇进行的探索性书写，向读者呈现了深切的悲悯之心和细致的关注，诗中用独特的视角书写了让人心有所感的人生的痛点。

二

牧雪是孤独旅途中不断探索和发现的阐释者 孤独作为一种心理现象和文化性格，显示了文人对现实与心理的不屈抗争。牧雪喜欢孤独，喜欢独坐江河山川，喜欢说走就走的旅行。在阅读中，越来越明显地感觉到，他在诗歌里仰望与倾听的那些自然事物，"挑亮村庄的油灯/鼾声惊醒月亮/起风了/我在诗篇里抄写月光"(《夜城》)，构成了一个孤独者的纯洁世界，他孤独的隐线逐渐明朗。我以为，牧雪的

孤独是自身孜孜追求的文化环境与农村生活生产场景中无法融通、消解所产生的心理落差的孤独；是通过文化意义的书写和旅行中坚守的立场情操跟现实生活中琐碎、庸碌等对立对峙的孤独；是跟自己的心灵对话的孤独。这种孤独，在牧雪的诗歌里比比皆是："谁遮盖了你的容颜/一袭红衣/一梦千年/月的圆缺/在诗人高举的酒杯里。"（《星空之约》）"青藏的云比梦更遥远/雪比巴颜喀拉更高/谁的路比黄河更长/谁的回眸比清水湾更深情/谁送给我一片桃花。"（《金色村庄》）

诗人固守着心海纯真的清泉，保持着文化人高贵的性格和品格，这是他独立精神的写照。只有孤独才能冷静，才能酣畅淋漓地高声倾诉心灵深渊的痛苦，倾诉人间的喜怒哀乐。孤独是伟大而神圣的。牧雪与村庄、大山、午夜、雪，以及花朵的精神对话，既是对自然的审视，也是拷问自己心灵的另一种方式。这种方式既是文化人跋涉人生、求索理想的途径，更是诗人心中永不泯灭的精神灯盏。

三

牧雪是沧桑历史和生活旋律的赞颂者 牧雪的诗从总体上讲，是明快、乐观、健康的，诗歌里处处荡漾着沧桑历史和生活的旋律。他在《卧龙飞桥》中说："不要怕高/卧龙抬升青藏海拔/爬过那座山/有风/有雪/还有牧歌。"我们从诗中真切地感受到诗人内心世界灿烂的阳光，生活本可平淡无奇，甚至还可以沉重或者忧伤，但他面对生活时的心境是清澈的，刻印在诗歌里的心境也是清澈的，只有心灵清澈、思想纯净的诗人，才能让诗歌的翅膀展开得更大、更广，更能自由地飞翔或者联想。牧雪的很多诗歌看起来似乎有些轻飘，却能一眼看透生活的本质，似乎有些直白，却能几行穿越生活的磨难，有一种超然物外的境界。

牧雪的诗歌大多来自身边的花朵、雪山、夕阳等最熟悉的事物，他的确有从自然事物中抽出奇异意象的能力。比如"雄鹰去了雪山/留下蝴蝶采撷芬芳/藏族音乐引爆了格桑梅朵"（《格桑梅朵》）里的蝴蝶、音乐、格桑梅朵三个意象，从结构上形成了彩色的、动感的、静止的三种态势，在诗歌时空构建上具有一定的技巧性。比如《狼毒花》一首诗里，他书写的"冷风吹过桑科/点燃夕阳/……还有那追风少年/摘一支古箭/划破天际/射向翠绿的原野"，让桑科草原一派生机，从冷风、夕阳、少年、古箭、天际就能联想到甘南草原的辽阔壮美。夏风中摇曳的草原之花，夕阳下的袅袅炊烟，格萨尔般英武的少年和遥远的历史场景，读后令人耳目一新，也能感受到牧雪对自然与美的敬仰之情。也只有这种刻骨铭心的热爱和敬仰，才能调制出如此独特的诗歌味道。

我确信牧雪的脉搏里回响着黄河的涛声，胸怀里蕴含着生生不息的母亲河之水。牧雪的诗歌具备了一定的探索和发现之美，从中可感知历史光阴散发的温暖，他的这种诗歌体验，无疑给读者带来无尽的遐想。

四

牧雪是家园情怀和朴实情感的叙述者 诗歌最终的写作状态就是大隐于市，诗人要身在世界心处世外，眼观世中笔刻世象，更要静观繁华富贵，安心创作潜心思悟。牧雪有一首叫《口弦》的诗，其中有几行颇耐人寻味："巧舌拨弄心头的痒处/唇是你/齿是她/贴耳的话/说了一年又一年。"撒拉族口弦是一种民间古乐器，用铜或银打成细窄马蹄形状，中间置入一根铜丝，尖端弯曲，用舌尖拨弄簧片或手指弹拨，吹气即可发音，虽然音量脆弱，但沁人心脾。这首诗中既有对爱情的眷恋怅思，又处处隐现着作者内心的清澈以及美好的品性。

牧雪的诗歌语言朴素简单，情感烘托真实，语境透明苍凉。在他精选的诗篇里，处处彰显着爱情的苦甜、友情的缘分、亲情的血肉相连，用"情"字表达着热烈、赤诚、永恒，以及温暖。比如在表达对母亲的无限思念时，他说："与火私语/浓烟与温度/熏红的泪眼里/找到了母亲的影子。"（《炉子》）比如在叙述农民的收获和喜悦时，他说："寂寥的山村/左手举着香甜/右手拎着幸福/回眸一笑/醉了时光。"（《赶集归来》）这种长久宁静温和的情感叙述，也许没有爱情故事中的轰轰烈烈，没有悲切撼人的离别倾诉，但它在字里行间流淌着满满的幸福和温暖，有一种真实的饱满感、舒适感。更能切实感受到一个诗人发自内心的情感渴求和朴实无华的柔软性格。

牧雪具有一定的探寻新视点、揭示新世象的触角。中国的三大天池之一——孟达天池的美景一向被旅人赞誉称道，而在他眼里是"剩下最后一片叶/一双手/抓不住季风/空手而来/目送云落一泓"（《孟达天池归来》）的孟达天池。孟达遮天蔽云的原始森林，在他眼里却如一片留不住的树叶，这种具象却能挑战写作极限的反差，不能不说是一种勇气与智慧。这种审美意识，带给读者一种突如其来感，提供了一种崭新的阅读体验。

牧雪的诗歌情感真实饱满，思想深邃朴实，心灵纯粹清澈。他的诗没有华丽修饰的辞藻，没有花枝招展的外表，没有故弄玄虚的深奥，大有"沧海横流，方显出，英雄本色"（郭沫若语）之态势。这也许就是他对现代社会浮躁秉性的一种挑战。在他后期的部分诗作里，能够明显地感觉到，牧雪也在不断地变换思考的角度，延伸发现和创新诗歌的触角。希望牧雪在以后的学习和创作过程中，多读诸如阿多尼斯、皮扎尼克、索德格朗、扬尼斯·里索斯等外国诗人的经典诗作，弃开嘈杂喧哗，不追求名利，潜心思考和书写，保持自身的清澈、容忍、大度、谦逊，奋笔创新，把人生的态度沉淀为一种从容和崇敬，这是我们所提倡并且一生孜孜追求和向往的诗歌道路。

是为序。

二〇二一年十二月二十四日
于都市绿洲书宅

辑一　四季如歌

立春 002
春水谣 004
惊蛰 005
春分 007
清明 009
谷雨 011
立夏 013
小满 015
芒种 017
夏至 018
小暑 020
大暑 021
立秋 023

处暑 025
白露 026
秋分 027
寒露 029
霜降 030
立冬 032
小雪 033
大雪 035
冬至 037
小寒 039
大寒 041
牧雪 043

辑二　人在旅途

苦旅 046
马尔坡 051
夜城 054
你的影子 055
守望黄河 057

云 059
柳湾山 061
葡萄藤下 063
雪村 065
春雨 066

1

山村之春............067
春雪............068
沙尘............069
玉兰花............070
遥远的村庄............071
伤痛............072
失眠............073

星空之约............074
马兰花............075
金色村庄............076
午夜听雨............078
淬火的陶器............080
雄鹰............081

辑三　苍茫大地

等风吹过............084
中秋............085
流云............086
七月............087
喝茶............088
卧龙飞桥............089
菜地............090
听雨............091
最后的晚霞............092
赶夜............093
太阳花开了............094
沙枣树............095
月夜............096
月光落地的声音..097

洮河飘雪............098
过雪山............099
蓝色之恋............101
桑曲............107
格桑梅朵............109
狼毒花............111
冬夜............113
夜行............114
智合寺............115
金银河............116
腊月............118
归去............119
冬晨............120

辑四　时光碎片

戒奶 122
那一抹橙色 124
吊桥 127
一片叶 128
清水湾 129
渡黄河 132
孟达天池 134
彩虹瀑布 135
口弦 136
清水湾诗语 138
晨露上的故乡 139
孟达天池归来 141
花海 143

线辣椒 145
蝴蝶起舞的地方 .. 147
积石山 150
大地诗歌 152
炉子 153
童年 154
马路天使 156
赶集归来 158
一路芬芳 160
孟达部落 162
寻找塔加 166
两瓣橘子 168

辑五　红色之恋

红星耀中华 170
绣党旗 173

祖国万岁 174

四季如歌

立春

只为一缕春风
用圣洁将北方漂白
飘一片雪花
润泽大地
像诗句里的顿号
只等春风吹来
唤醒大河

南边赶来的阳光
孕育春潮
六九那夜
听风吹来
我与春天的距离
和生命的私语

辑一　四季如歌

雪依然会飘落

卡在长河里的坚冰

被风咳出

岸边的柳枝泛起绿色

抽出嫩芽

燕子归来

在父亲的屋檐下筑巢

叩开家门

被母亲亲吻额头的游子

泪如雨下

那缕春风

吹过心田

种下太阳

春水谣

二月二
龙吟昂首
云中剥离
风里分娩
与杏花一起飘洒
撑开油纸伞
久违的缠绵
潇潇洒洒

万物生
听春风吻叶
举手向云
尝一口天水
花的小溪
汇入夏池
出落一朵白莲

辑一　四季如歌

惊蛰

沉睡的
终究在雷声里惊醒
一河落霞
半池蛙声

流浪的雪花之后
斜雨滴落在鹅黄的嫩芽间
三月叫醒每一个跪行的物种
看见万物朝觐的哭泣
泪是用白雪兑换的

马尔坡的彩虹
落在黄河里
是清水湾的深情回眸

 锄 歌

阿娜种下红辣椒

躲在花丛中

东山的月亮

一半在心里

一半在天空

从泉眼里

捧出浸湿的月光

把心安放在朝西的地方

冬雪染鬓

所有的白色

在岁月尽头

葬礼上最后一袭白衣

点燃雪色

为春天举一把燃烧的火

只为复活

辑一　四季如歌

春分

折叠白天与黑夜
风在渡口登陆
僵硬的骨骼被拆卸
拼凑成春天的模样
日月的山峰
看得见昆仑飞雪
消融是为了放逐激情与狂流
羊皮袄包裹着雪域
风奏鹰笛

悬崖
一帘流水冰瀑
借一夜星辉
黑帐篷里的密语
诉说三月的狂野

草原跪乳

血色河流

白雪焐热巴颜喀拉

太阳喷洒内心的光芒

俯身大地

轻吻终将归去的黄土

修复生命的来路

辑一 四季如歌

清明

一片新叶遮挡半妆脸
涂抹粉腮
红唇里柔指轻咬
秀口春香美人的模样
柳枝缠绵抛媚
雨夜几声蛙鸣扰梦
一杯花酒
用冰的通透啜饮明媚
卷西楼珠帘
一湖春水
垂柳细梳秀发千丝
花瓣万片
承诺在风里凋零
雨中的油纸伞
一袭红衣

你的泪在酒窝里停留

那年她十八

一世的情殇繁华落尽

醒来的梦里

欠下春天的思念

谷雨

用布谷的鸣啭
倾听大地的回响
雨滴敲出四月的柔曲
彩蝶和蜜蜂沉醉的季节
少妇孕育生命的胚胎

雨敲窗
少年沙哑的声音卡在风中
水中月亮
银纱打包天空的钻石
一池蛙声
荡漾着浓浓的月色
白鹅红掌下
奔流寒山白雪漂泊的心事
鸽子鱼潜入黄河的水草

阿娜的酒窝
深藏一泓池水
长睫上那滴晨露
供给碧波

山丹花开了
无法让时光倒流
捧起阿娜肉嘟嘟的粉脸
破涕一笑
破译生命的密码
造物主给我所有的恩宠
泪流满面

辑一　四季如歌

立夏

北方天空
云被太阳烧成血色
火一样绚烂
击打磐石的激流
山高水长
剥去羞涩
撑一把花伞
行走在雨巷

你在江南
青藏正在融化千年冰雪
谁的嫁衣薄如蝉翼
指间滑落的水珠
荡起心湖涟漪
诉与谁听

锄 歌

山村卸去春妆

一声蝉鸣

一轮明月

一曲夏风奏出田园交响乐

晨露上的故乡

脚下沾着香泥

入住小镇

霓虹怎能抵得过月光

乡下的麦芒

刺破布满老茧的手

渗出鲜血

浸染梦里那片麦浪

辑一　四季如歌

小满

离别花瓣
青果探望陌生世界
植根里倒淌着河流
补给五月葱茏
青涩的山杏
听不见远方天空的风声和雷鸣

柳叶笛催熟的季节
姑娘眼眸如池
映着星空和皓月
酒窝里收集满轮太阳

蜘蛛织网
潜伏在黑暗
坐收长夜猎物

揉搓青麦
咀嚼着年少情思
口哨声从风中传来
樱桃羞了

走吧
履历在脚下
金风吹来的时候
一片麦浪

辑一　四季如歌

芒种

萤火映衬的麦田

像恋人亲吻土地

月亮的轮线在池中战栗

一夜劲风

汹涌如海

如果没有春的爱恋

哪有金黄的沉醉

麦浪不会抬升春天的渴望

私语说给火热

太阳煮一季灿烂

为那刻的低头

时光拉长的日子

种一垄秋天

收一片耕耘

等待分娩的阵痛

乳名叫芒种

夏至

从麦田深处走来
去祭奠青黄不接的季节
听见麦子拔节的声音
穿着母亲接长的裤子
张着嘴巴露出笑的布鞋
揉着青麦行走田埂
而今冰镇的胃里泡着清凉
我像一条岸上的裸鱼
张开三千毛孔
汲取天地水分

看不见衣衫褴褛的稻草人
看见机器碾碎
儿时捡穗的麦筐
农夫磨镰

试着寒雪的利刃

屋檐下挂着收割的弯月

麦穗垂下头颅

任凭收获成熟

邂逅西边那片晚霞

一声惊雷

天空积蓄的浓重在午夜决堤

杏儿黄了

如腹中隆起的胎儿

等风催生

太阳下一滴汗水

滋养生命长河

我是大地最后的守望者

小暑

倾听雨声

迎面浇灌了心田

遥望时光

云轻柔黛山雾纱

高原酝酿一场久违的渴望

七月浅笑

雨润干唇

滋养干裂的躯干

蜜蜂沾水的双翼

汁液香甜了花海

七月起舞

我回身

目光在季节里收获

埋在泥土的瞳孔放大

我知道

种子回赠千穗万粒

大暑

汗水里打捞自己
风烘干月亮
本该是成熟的季节
太阳点燃云烧的晚霞

在一行行田垄间
捆紧的麦个儿
倒向大地
勤劳的人啊
黎明到黄昏

碾轧的麦场
把我请进收获的主场
天下粮仓
收获千万粒金豆

天在脚下
拿起镰刀吧
参加这场丰收的盛宴
谷穗和齿轮在国徽里闪耀

辑一 四季如歌

立秋

地平线

一只白鸽

衔着朝阳

腾飞

飞过二月冰河

春雷响

雨润泽大地

花开原野

春来燕回

心飞翔

撑一柄莲叶

任雨打幽池沙滩

夜幽梦

蛙声蝉鸣

霞飞虹舞

大雁泪
从秋窗寒岭中
一行南去
金风里
稻香丰年

北风中
瘦树枯叶
如鸽如荷
如雁如雪
黑夜邀星陪月
晴耕雨读
白鸽飞过
鸽哨与橄榄
愿人间安宁
让一行诗
飞向远方

处暑

碌碡上场了
在丰收的圆点
转了一圈又一圈
请站在圆心

磨刀石上的镰刀
沾着晨露
露出月牙似的笑
麦香飘过山寨
麦芒刺破满是老茧的手

金穗低头弯腰
月亮也会催熟丰腴的季节
谁的汗水流在大地
谁就会收获灿烂的太阳

白露

梦中遇你
和睡意一起打发时光
太阳去了远方

存留最后一点温度
驱走阴冷
云蓄满一季的泪水
听雨诉说忧思

梦被叫醒
好吧
让我在雨中听完你的痛苦
阅读你的悲伤

低眉的日子
乌云在头顶
聚拢又散去

辑一　四季如歌

秋分

孤舟穿过枫桥
凋谢的秋语
在发黄的船票里
满载一夜星辉
一行大雁
一阕归去的诗句刻在天上
秋菊润色
霜叶如花
饮一潭秋水
抬头望

心池里打捞故乡的月亮
装扮水晶般的身心
浩瀚凝结成霜
风来将水冻成硬骨

窗前南天流云
飞叶埋葬我的归途
回眸
飘来一朵落花

辑一 四季如歌

寒露

月光浓烈的时候
诗人的酒杯托举起故乡
撕裂天幕为笺
写满思念和乡愁

从此夜在笔下流浪
一片叶落在孤独的身影后
苍莽的山林间

飞来一只云雀
衔来北方的寒风
太阳焐不热冰冷的心

留下的遗言
终究赶不上南去的归雁
一行热泪
落地成霜

霜降

是谁剃度北方
季节的利刃下飘落
春天里留蓄的长髯
却用一生
打理落满尘埃的银发

今天白发如雪
向着太阳
挺立在清水湾的渡口
想捋直弯曲的河流
就这样冬去春来
花开叶落
赶着日子

有星月的夜晚变得安详

辑一　四季如歌

就算冬天真的来临
依旧品饮菊花的芳香
借一杯黎明的露珠
在世界睡醒的时候
收获一生
安放在灵魂摆渡的地方

即将来临的飞雪
给我一袭白衣
附赠严冬的冷酷
我用白色裹满身躯
披上母亲的棉袄
去看父亲的故乡

立冬

母亲腌好了食材
手没有皴裂
阿娜绣好了腰带
躲进闺房
遥望着天空
烟囱飘出浓烟
院里摞起柴火
父亲劈开季节
祖母咳出鲜血
溢出一丝叹息
披上白衣
藏进大地
北方不再流泪
待苍发如雪
摘下眉间落叶的时候
雪花来了

小雪

静谧而来
落地无声
不似雨在雷声中喧哗
不学霜在冰冷里蔓延
只要一片雪的独白
映衬过春花
掩藏过尘埃
灵魂深处冰清玉洁

如雪
无须陪衬
在季节深处成为生命的背景
如雪
开在天空的鲜花
只需一片云彩

归来的人啊
听着雪花在脚下爆裂的声音
不知那是孤独的歌唱
生命的挽歌

太阳啊
带我去远方
填补大地裂缝吧
触摸参天的根脉
当万物从沉睡中醒来
去到太阳最近的地方

辑一　四季如歌

大雪

积攒强劲
以月亮的阴冷
流放囚笼的情绪
呼啸山庄
土墙内
谁家的茶可熬雪
围炉向火
谁香消水中
凝固的泪
琼花沸腾

柴门一缝
寄出书笺
归人丈量家的距离
用你渲染北国

独享空谷风的回答
无法抵达太阳的高度
终究在隐喻的诗句里
描摹两袖清风

别说冷
把雪莲请进梦里
消融时大河放逐生命

冬至

用长睫垂钓
眼前的寒峰冰凌
凝固成爱恋
季节缩水
像雾像云
如雨似风
听高原凄厉的风啸
探出十指
左手引月右手牵雪
试风的温度

太阳远离
我跺着大地
数九
春天回来的日子

三十七摄氏度体温
供给冻僵的血脉

夜太长
月亮走了很久
等待报春的喜讯
寒江雪
吟一首颂梅的诗句
大雪缝补皲裂的大地
裸露的伤口消隐在白色苍茫里

辑一　四季如歌

小寒

飘过冬夜
捧起你
却依然没能留住雪
指间滴落成冰
游子停止了流浪
用家的名义
开始思念

他乡的一碗牛肉面
怎抵得过母亲熬的小米粥
一双丈量过远方的漂泊的脚步
正在回家的路上
母亲早在村口期盼的身影
落满了雪
头发银白

锄 歌

如今大河不再结冰
炉膛里已经没有明火
山村发出的呼唤
不再有回音
那一缕炊烟
滋养过我的冬天
雪原上一行足印
扑向父亲的村庄

游子啊
喊着妈妈
滑倒在家门口
泪成冰

梦醒了
太阳在回来的路上

辑一 四季如歌

大寒

北方风雪猎猎
城池下败走寒冬
蜷缩在城堡里
取火御寒
风破门而入
如滴水的冰刃
侵入肌肤
在固守的城堡上空叫嚣
回剑斩苍山
冷锋破寒城
月光助阵
雪絮的铠甲
无法抵挡高天射来的冷箭
向阳光求救
用母亲手缝的棉袄抵御

存留一股清泉给养春天
远眺大寒的城头
太阳擎一片红霞向北而来
隐约听见春雷敲响的鼓点

辑一　四季如歌

牧雪

常邀白云
采摘高天的雪莲
行走苍山峰峦
与雄鹰为伍
唳出狂野的回响

苍茫的尽头
当死寂的雪山流泪
我是唯一的牧人
羊牛皆无
血液没有冻僵之前
西伯利亚的风穿透寒骨
没有转场
冰山狼嚎
月如钩

雪来得紧

缝补北风撕裂的伤口

磨一杆守疆的红缨

斩冰削山雪舞处

苍发如银

西风烈

长啸时落雪无声

辑二

人在旅途

苦旅

1

春天很远

苍狼哀嚎的山垭

风割着脸

寒冷入侵

瘦弱的狂野凸显肋骨

这片高天厚土

装不下辽阔

2

一个人的苦旅

与白云同行

鹰托举起青藏前沿

河曲延伸牧马人的追逐

走过骏马滩的时候
梦的缰绳催我鸣笛
苍茫大地

3

一座寺庙
一个智者
撩起绛红色的袈裟
捻着佛珠
赤脚蹚过冰河
路还有多长
邂逅诗和远方

4

寻访年少的梦
把黎明交给时钟
梦里的梦比记忆更真实
为了证明曾经的苦难
刻画你的样子
被时光遗忘的角落

5

疲惫阻碍不了歌者的远行
飞驰的车轮
陷入鼠兔的洞穴
载不动山川河流
抽打铁骑破风轰鸣
穿透我的不是箭矢
而是那苍凉得足以安葬远去的背影

6

向南向风
吟风啸雪
在梦里度你
犹记优干宁那年的样子
碾轧急风
竖起衣领
无法忽略的烙印
四面漏风的路口
马是草原刻画的图腾

辑二　人在旅途

7

疯长的是期盼
躲进草原
消瘦的是记忆
如此孤独辽远
蒙古汉子的酒樽里
摇晃着月亮
呼麦掀开夜空
大地的主人唱着太阳
而我痛饮孤独

8

无法复制当初
十四岁稚嫩的手
将汗水馈赠的纸币
交给落泪的母亲
父亲抚摸我如草的长发
今夜
寄宿在天边

9

消失在晚霞里的碌曲

干草味还在弥漫

以夜的柔情细数春天归来的日子

望断归途

牧羊女的鞭梢驱赶黄昏的彩霞

从黎明走来

虽阅遍雪山深处的炊烟

赶不走旷野无尽

10

为长路吟诵诗句

向生命递交答卷

风中一匹骏马

冬日一道闪电

仙女湖变成泪水的时候

是我伤痛至极的牵念

回望

已是落日晚霞

辑二 人在旅途

马尔坡

留一行诗给你

仰望的时候

才知道陡峭

那条河穿过你的身躯

恰好在今夜

伸手采摘天上的星星

二十七道云梯

伸向山岗

轻叩西边的落日

渗出一片霞光

诵读风和野草枯萎的诗句

刚好一片云朵飘来

看万山拱拜

听惊涛无声

擦亮头顶的月亮

锄 歌

在裸露的大地
时光刻下呼吸

还是那条河
折叠伸缩
寻找另一处断崖
雄鹰展翅飞向斜阳
河流咆哮冲出关外
山在山外
水在幽谷
我捧起太阳
深入风声

山的垭口
巍峨的身影在高岗矗立
黑夜来临之前
问自己
我只是孩子
把颂词轻声念给这山那水
迟到的我
看见月光
流经山河

辑二 人在旅途

黄昏来临
诗人细数苍老的皱褶
长须如草
每个拐角都是雷鸣闪电
风霜雨雪

还是这样一个午后
我追赶昨天的故事
那条河
那座山
斜阳下的我
已是苍发飘飘

夜城

夜羞涩
褪去晚霞的红晕
鸟鸣黄昏
挑亮村庄的油灯
鼾声惊醒月亮
起风了
我在诗篇里抄写月光
描摹一片白云
温柔的夜
在独行
用你的影子酿造甜蜜的梦
拥有整个夜空
而影子在影子之外
不是有多余的漆黑吗
月亮躲进都市霓虹里

辑二　人在旅途

你的影子

在这断崖
导河者留下影子和斧痕
夜浸染山岗
有了太阳就有了影子
哪怕是夜晚
徘徊在晦暗的月光中

聆听者
有了使命与信念
你的影子
驻守在黑暗中
无法剥离
汉子为你温柔擦拭面容
女子整理散乱的发丝
蹚过你的影子

读一卷山河经
看见你的往事

此刻
月夜里的靓影
食指咬在嘴里
向我吐了吐舌头转身离去

守望黄河

一条峡谷

赤狐跃过

风呼啸

河咆哮

摆渡人的号子

唱了千年

骨骼如钢

抵挡大浪击打

生来就在风雪中挺立

烙下山川似的褶皱

雄性大山

浪尖上的汉子

我也是一块岩石

沿着你的臂膀看昆仑飞雪

脚下的河

是冰雪之子

洗净今生的风尘

一滴摇晃透明的冰水

滴落成今世的泪

最后的弄潮儿

向着海洋

辑二　人在旅途

云

高原的棉花切割天空

谁接纳那片蓝

青山作笔

饱蘸西边雨

跨过山河

写下原野的芬芳

高天湖水

收留天空的蔚蓝

太阳

排定季节的座次

鹰唳在绿色和麦浪之上

掌心的纹路上

溢出霞光

从蜿蜒的麦田穿过

蛙声浮在流水之上

寻一处清凉

行走江湖

用一镞古箭

射落流浪的白云

晾干格桑梅朵的心事

辑二　人在旅途

柳湾山

一片绿叶
遮盖裸露的肌肤
岁月榨干所有水分
只剩骨骼
在风蚀雨雕后挺立
啃干最后的荒草
飘过的流云
留下几行遗泪
在山顶
遥望曾经的家园
沿着你的褶皱
沦落在时光深处
赤色铠甲
执一柄烧红的长剑
护佑村庄的宁静

昨夜风起
月冠星缀

在时空之上
以血敬献
点燃明天的希望

辑二 人在旅途

葡萄藤下

夏风轻舞
摇碎一地日光
藤儿爬过六月
尽管青涩
口腔里泛滥江河
晒干的是灵魂
如少妇孕育生命
十月怀胎
撑起伞
遮挡炽热
雨淋土巷
满院鸟鸣
父亲的草帽还在屋檐下
根植大地
母亲的家园

磨盘旋转出三百六十度蛙声

引盛夏的风

吹散躁意

汗滴浇灌出紫色果实

听鸽哨唱过天空

风一样自由

辑二　人在旅途

雪村

雪惊醒布谷的春语
扑落梦的留白
夜凄冷

泥土中虫豸齐喑
唯有歌者逝去
山村昏黄
风指向北方
谁在流泪

雪的窗花摇曳春梦
没有黄沙被雨雪爱恋
没有人比我懂你
我在春天的雪村
不拒绝冰冷

春雨

春的情愫越过青藏
一万次回眸
你说喜欢这样的日子
与春风相拥
和沙尘作别
把一场春雨请进黎明

烟雨换成诗行
不知南方是否像今天的北方
那里下雨了吗
谁把我丢在原地
站在雨中
告别耳语
只有冷冷的风
不知道为谁等待

辑二　人在旅途

山村之春

从冬天赶来
一直向南
离开的时候
期望摇曳一朵迎春
只有我
没有跟随者
一缕春风
潜入小镇
无法催促春天的脚步
仍在小院播种太阳
未见春雨
干枯的心
看父亲的村庄
听母亲的呼唤

春雪

风渡沙尘

披一身素衣

不是雪

是夜空中的梨花

一溜山路

又见炊烟

播种红豆

不负布谷的情歌

丝丝寒意

捅破三月的心事

不见烟雨

只有雪花

辑二　人在旅途

沙尘

不见红日

陨落了星辰

白鸽悲啼也无法唤醒昏睡的大地

朝霞与夕阳

哽咽的云流不出泪水

野性的北风

吹过男人的粗犷

女人的柔美

天幕垂下

想以春雨冲刷污土

重回净土

雄鹰飞翔的高度

无法破译春天的密码

苍茫的天空

正下着沙尘

玉兰花

就在昨夜
梦见你的容颜
从早春开始寻觅
玉兰
鹅黄羽衣
书写冬天的相思
就在月下
清澈的眼中留下凝望
为你写下花语
高雅莹洁
纯白如雪
宜伴尘俗
亦可入药救命

辑二　人在旅途

遥远的村庄

听过鸟鸣会记得空山

炊烟起

母亲在呼唤

风比我先到

昨夜的雨

争夺什么

寒冷不甘退缩

侵袭夜空中一轮孤月

放飞燕子

季节的使者

向天空要一片白云

突破雪的封锁浮现明媚

丹山下的村庄

我的呓语

伤痛

新伤旧痛
岁月打在身上的烙印
习惯了笑
今夜陪伴痛到天亮
腰椎为笔
夜空为笺
签下名字
五十年同行
回首穿过风雨的日子
有些沉重
细数无数次被篮球撞击的伤痛
久违的总会来
夜很长
刚好容下所有伤痛

辑二 人在旅途

失眠

漫长时光稀释梦境

子夜到黎明

把星星和月亮送给自己

夜里焚烧灵感

灯火和远山下的村庄

初春父亲埋下的麦种

等待有雨的季节

像我等时间发酵

鸡鸣三更

时间慢了整个夜晚

破晓

苏醒的不是春天

依旧睁大双眼

见证暗与明的辩证

是与非的真伪

星空之约

谁遮盖了你的容颜
一袭红衣
一梦千年
月的圆缺
在诗人高举的酒杯里
深潭里能否打捞起昨夜的模样
风似刀
蝉翼薄衫
你的影子
沉入我的眼波
找寻轨迹
不要给我你的背影
霞光中凝视瘦削的影子
听见远处犬吠打锣将你呼唤

辑二 人在旅途

马兰花

鞭子甩出紫霞

落入牧羊女的发梢

甩甩头

便是浪漫之吻

把喜悦深藏

颤抖是为了那一刻的心跳

把情话说给山岗

手能触摸月亮

小伙子的情歌

唱给原野

羞红了牧羊女的脸

羞红了云霞

路边的倩影情愫脉脉

围在香颈的紫色纱巾

裹走晚霞

金色村庄

青藏的云比梦更遥远

比巴颜喀拉更高

谁的路比黄河更长

谁的回眸比清水湾更深情

谁送给我一片桃花

长发飞处

如蝶翼

风中飘落面纱

不要说那就是我

绿盖头守候的村庄

黄河哼唱轻柔的摇篮曲

梦被浪拍打着入眠

桃花岛在波浪里

喜鹊报到

新郎在河岸遥望

穿过浪尖的花轿
新娘摇晃了一生
苍老的不是山
怀抱儿孙的白发人
在渡口望了又望
儿子去了山外
留下呢喃的巧燕
恋家的麻雀
古老的船工号子
打发浪尖上的日子
像今天的风
在这里狂歌
呼啸着掠过村庄

午夜听雨

隐在黑夜
隐在天空和大地之间
敲打疲惫的梦
裹挟长鞭
击打将至的黎明
谁在深夜抽泣

云是雨的前世
像诗句穿行黑夜
读给河流
听见雷声
听见黄河的涛声
梦被囚入笼中
大地的血液在奔流

辑二　人在旅途

恋上秋雨

于卧榻之侧吟唱颂词

编撰朦胧的诗意

等下一个雷声

撕破黑夜

积攒太多的忧伤

在夜里哭诉

泣泪如雨

心湖里滴落

如浪花绽放

淬火的陶器

用泥土
捏成你的模样
用烈火
淬炼坚硬
盛水
烹煮四季的芬芳
小心翼翼
一次不经意的磕碰
便会支离破碎
挺过千年的骨骼
还是那么脆弱
泥土里沉睡千年
挺立起来
我知道美丽易碎

辑二 人在旅途

雄鹰

鹰

坠入长河

蓝天失语

用鹰笛吹出天籁之声

歌者的脸迎着雪

唱风

给天上的爱人

泡在云中的一排皮筏

沉入河底

桅杆带着所有涛声消失

听见鹰的悲鸣

辑三

苍茫大地

等风吹过

骨节喊疼
旧时的伤痛
仿佛呻吟着昨天
赤日无视世间的酷热
树荫下
风来了又去
云
一朵一片

飘零的日子
柳枝
山羊
犬吠
乡音依旧
大地还在
街道空了
等风吹过凌乱的发

中秋

夜色沉沉
积攒了太多的缺憾
北风来临之前
把所有心事说给今夜
装订成册
落叶写满乡愁
封面是思念
谁能举起满月

如果没有一场又一场秋雨
不会裸露渴望用绿叶遮盖的双眼
母亲堆起干柴
燃起游子梦里的炊烟
今夜被银霜浸泡
独留空寂的月
照耀瘦瘦的村庄

流云

隐于山中

酿着秋雨

季节蛰伏的灵魂

擦拭蔚蓝的镜面

用所有光华

让沧桑无处可逃

山不仅是山

烈焰千年

淬炼血色丹山

该用哪只手指点流云

我只是旁观者

辑三　苍茫大地

七月

花海

轻雾的面纱

触摸云中的雨

顺着天路

扔进溪水的石子

沿着流水东去

依然是那年的模样

谁能抓住风

顺着掌心的纹路

吹过格桑的领域

天空的边缘

一滴水

撕裂高山荒野

修复大地的伤口

青山不老

格桑点缀

我离太阳最近

喝茶

唇边江河翻滚

泡一壶雪莲

父亲的茶碗多了几个豁口

续一碗滚烫的清泉

曾经独行天下

野草疯长的时光

黄河从我家门前流过

刚好茶碗里牡丹盛开

堵住那个漏风罅隙

喝茶

饮高天流云

岁月静好

卧龙飞桥

不要怕高

卧龙抬升青藏海拔

爬过那座山

有风

有雪

还有牧歌

你的视野里

有野牦牛徜徉的大陆

云的故乡

如果让骏马奔驰

可以到达离天最近的地方

把嘱托化成梦

山会吞没你的身影

夕阳下

一只苍鹰飞向太阳

菜地

蝉鸣和着蛙声
流水叮咚
韭菜草莓萝卜
鸟儿的呢喃
爬过时光的葡萄秧

墙外沙枣树上喜鹊叫着金黄
母亲点燃炊烟
院中菜地
不是唯一的绿色
除了夏天
还有母亲
碧色的心情

辑三 苍茫大地

听雨

是谁在敲打战鼓

是雷鸣

是对垒

是万马奔腾

丁香叹出香气

玫瑰躲进叶后

屋檐流水捶打着大地

汇成奔流的铁骑声

卧榻之侧

一本发黄的古书

眼前是九里山伏下重兵

拨动书页

鼓点如雨

此刻在垓下看天罗地网

没有听见窗外一句关于雨打山村的诗

最后的晚霞

给我一轮明月
能听见山村的呼唤
坠落的时候
干裂的躯体饱饮黎明的冷清
额头不再流血
不要说落日如虹
不要说弯月暗淡
又一次走进黑夜
天空挂满星星
云朵落在天边
一片蛙声
心湖里荡漾着眼波
被风干的我
指尖触碰干裂的初夏

辑三　苍茫大地

赶夜

谁在黄昏的悬崖边
煮一日时光
抵达瘦削的月亮
面容圣洁
最后的微笑
血管里流淌滚滚河流

捧起落花
用泪灌溉午夜掌心的芬芳
黑夜
沿着满地清辉
在黎明之前
丈量星星和月亮的距离

太阳花开了

从落日到黎明

丈量月亮的距离

启明星下

我见证黑夜的长度

破晓的时候

一朵摇曳的花

洁白

太阳花开了

三十回横渡的日子

虽然烈日灼心

仍静候佳期

沙枣树

月光下的银叶

皲裂的躯干

历经风雪

成为最美的风景

银铠金甲

空巷外脉脉含情

生命的每一个芽苞

宛如金子般的心

邂逅初夏

酿一夜甜蜜的梦

稚嫩的花骨朵

要将一身金黄馈赠恋人

羞涩的眼神

浓郁的体香

默默不语

为你痴狂

月夜

把你请进梦里
和桃花拉钩
指尖掠起一缕银色
黑夜的烛光
点亮家的窗花
墙头上
土巷里
破译山村的密码
月圆了
今夜远在异乡的人
心会圆吗
故乡的月下
迈出一撇一捺
圆在月中
人在大地

辑三　苍茫大地

月光落地的声音

凿开夜

月在心湖

属于山村的花

在午夜盛开

于静谧中芬芳

如此低调

把自己安放在如水凉夜里

看斗转星移

听长河轻唱

追寻未风干的梦

用月光的碎片拼出洁白的灵魂

诗中偶遇

一支瘦笔

两行热泪

听见月光落地的声音

于长夜独语

洮河飘雪

风过洮河
与雪在一起
来自龙宫的河流
碌曲让十一月的冬天冷绝
不用怀疑
是我带来的高原风雪
说好的小别
越过大山的时候
还是没有把你留下
洮河之岸
凝望飞雪连天
梅答应以身相许

辑三　苍茫大地

过雪山

一峰玉山破苍穹

等候落日

冰雕的灵魂

用你的高度洗涤今生的尘埃

愿在冰峰寒彻前

寻觅夜空的月亮

寒冰剔透

滑向漫漫归途

伸向雪的故乡

云深处

十八弯

冰筑的高度

雪打磨鹰的利爪

峰谷冷云浩荡

看见远方的庐盖

喘口气在此留步

安抚心跳

听风歌唱

辑三　苍茫大地

蓝色之恋

1

一支送亲的队伍从大唐而来

凝眸望乡的山峰

我也一样仰望头顶的太阳

一行归雁飞过

一头雪白的牦牛驮着青藏

长风掠过古道

谁的泪水倒淌如河

有绿色就有牧人

歌喉里飞出百灵

极目远眺

流淌的小溪

长满青草的山坡

蓝蓝的湖水

臂弯上放飞了雄鹰

从措温布到纳木错

在这座山岗

卸下落日

唐朝的女儿风雪中挺立

马背上驮着朝霞

眺望着吐蕃王朝

2

湖水和天空之间

能触摸到羊群和骏马

云笺里捎来锦书

离思念最近

西边落雨

东边飞虹

河流无言的诉说

远方的尽头丢失了时光

在曼陀铃声中

看着你消失的背影

停泊在往事

风雨独行

成为别人眼里又一个背影

辑三　苍茫大地

3

油菜花

格桑花

狼毒花

映在湖面的倒影

鸟儿在天上展翅

鱼群在天湖潜浮

一条又一条河流中

鱼在飞

姑娘牧放蔚蓝

她把目光停留在这里

布谷唤醒草原

唤醒睡着的冰

我也是骑士的后代

东迁途中

有星空和孤影

于是有了远行的理由

有了男人的气量

听见月光落地的声音

4

感受草原的宁静

疾风吹过衣袂

雪域情郎在湖边徘徊

一首《在那东山顶上》

吟诵草原美人

在那遥远的地方

地平线上

牛羊反刍

远古的时光

藏在神湖的密语里

比我先到的歌者无法破译

月亮的残缺告诉我

期盼比失去更美

5

河曲马疾驰的蹄声

丈量出措温布广阔的湖围

遗世的海心山

浅唱的布哈河

鸟岛万羽齐聚

黑马河的依恋

独自游走

寻找乌哈阿兰河的裸鲤

凝望高原

目光停留在万里无际

高天风啸

守望者的眼神里

有月牙刀

有羌笛

有牧歌

还有依旧在风中的我

6

这片大地

从牛角胡的弦上弹出草原的苍狼

所有过往已消失

现在只有我

遗失了世界

在天地间

在雪域高原

听到了澎湃怒潮

日落到月升

独享辽阔

一支瘦笔低吟

星星也在青草坡上

聆听马蹄走过白帐篷的声音

刚硬的诗

变得水藻一样柔软

月亮啊

带我到湖中央

横渡星夜

辑三 苍茫大地

桑曲

雄鹰盘旋的高度

可与白云一起流浪

流泪的黄昏

我与落日对视

牧人朝着草原

掷出赶羊的石子

击中岗上那一弯月亮

落入一泓深藏星空的湖里

忘了来时的路

帐篷里飘出

唱给情人的恋歌

鹰笛和着风

姑娘挤着奶牛雪白的乳汁

月光倾注的赛钦湖

洗去远途的疲惫

于微醺的夜

在大不勒赫卡山下

寻找桑曲

辑三　苍茫大地

格桑梅朵

雄鹰去了雪山
留下蝴蝶采撷芬芳
藏族音乐引爆了格桑梅朵
天蓝
云白
花黄
高原红
止步于十万朵花儿
到天边
到天下最美的草原
而我成为最后的歌者
你把尖叫留给辽阔
踏着悠云
寻找天边的牧场
白云深处的黑帐篷

百灵放歌处卓玛挥鞭

瘦弱的肩膀扛不动所有惊艳

独守草原

狼毒花

冷风吹过桑科
点燃夕阳
被你妖冶的舞姿挽留
镜头里定格了你的美
进食的牛羊
奔驰的骏马
还有那追风少年
摘一支古箭
划破天际
射向翠绿的原野
草原七月如酒
头顶骄阳似火
我也是牧人的后代
心已沉醉
吹来夏日清风

漂泊的时光里
即便有毒
也要追寻你的芬芳
哪怕天空流淌血色晚霞
也要填补岁月的伤口
不愿让时光白白流走
空旷的原野
捧着你
像捧着一位令人倾心的少女
迎风而立
而我是唯一的陪伴
云在飘
羊群在流动
该带上什么流浪呢
狼毒花
令人生畏的名字
绝世美丽的容颜
盛开在牧羊姑娘的微笑里

辑三 苍茫大地

冬夜

风旋转

席卷行人

和最后一片枯叶

搬空大街小巷

清除所有往事

黑色车轮

碾轧冰冷的长街

月下

一只惊魂的寒鸦

一只反刍夜草的老牛

梦境中惊醒

母亲伤寒后的咳嗽声分明

父亲一袭褐衣褴褛

我用思念缝补被风撕裂的冬夜

看见皲裂的双脚

夜行

掠过瘦弱的背影

把冬天挤压到车外

荒野颤抖

并不陌生的场景

和曾经的你

瘦削的季节

寒冰溢出画面

时光的刻刀

雕刻出冬天的模样

不要清扫我的脚印

恐被遗忘

沿着思念流浪

今夜风中独行

辑三　苍茫大地

智合寺

时光在寒风中老去
谁凿开这大山之心
托举绝壁千仞
天空少了一朵流云
是高僧云游四野
还是面壁幽居
诵读十万大山
柔风吹过空谷
石刻的铭文
敲打出悠长的鼓点
智合寺
千年的钟声
是最后的绝唱吗

金银河

黄昏

长河流金

淘金者

随流水投奔夜晚

东山一轮月亮

一片银色

银色是雪山

是雪莲的花瓣

一朵浪花

梦里奔腾

金银满河

入夜

乘上古老的皮筏

横渡

清水湾在黑夜里沉睡

辑三　苍茫大地

本欲夜走狐跳峡
却被马尔坡的星空吸引
明晚
你还会款款而来
最后一场秋雨
对雨的形容词
像算盘上的珠子
拨弄秋风
破晓晨曦里
黄河依旧流金

腊月

天地一片苍白

夕阳描抹天空的红唇

雪燃烧

素衣冰珠

装点蜡梅的嫁衣

冻伤的月亮

一行泪水

落地有声

雪如银

堆起你的样子

抵押给大地

出嫁时

佩玉镶银

迎娶的路上摔了又摔

辑三　苍茫大地

归去

时光依旧那么从容
日经月纬
小路上徒步
在一抹晚霞里消愁
迁徙途中埋设捕猎陷阱
路上有风有雪

把月亮邀约至深夜
用白天暴晒过的荒凉的躯干
以及远方的心跳
坐实孤寂的空洞

瘦削的文字里
有远方和村庄
将诗句和落叶埋藏在大地
终究要归去
种一行盛开的秋菊

冬晨

炊烟缥缈之前
鸡鸣拉长了雪夜
父亲赶拜的土巷
点燃了红红的炉火
春花扫着黎明

母亲熬煮着时光
一壶沸腾的晨曲
雪在下
却无法掩去
母亲头上越来越密的银丝

辑四

时光碎片

戒奶
——妈妈写给一凡

日子如此漫长
一双闪亮的眼睛
一颗星坠落地面
怕碎了接住
一凡哭了

听见悬浮夜空中微弱的呼唤
妈妈的心
先于星碎了

孩子啊
母亲比你先落泪
今天起你学会了生活
其实我的心比你先碎

辑四　时光碎片

一凡
戒了也好
好让我的爱摇曳灯光
你是我生命的长歌

拨动渴望
摁住我张扬的情绪
一声哭啼将心揉碎
贴着胸膛呓语
母亲会一辈子记得

一凡啊
我终究会离去
永留下你的笑
你的痛苦

那一抹橙色
——写在消防宣传日

我愿是那抹橙色

警铃响起的时候

赴汤蹈火

让烈焰虚无

既然选择了做青藏的雪山

从巴颜喀拉奔腾而下的河流

就用千年的飞雪

冰封万丈火焰

我是碧水丹山间一抹橙红

如果可以

让我用一颗冰清玉洁的心

在生命的口岸抢渡人生的辉煌

我愿是巍峨的积石

当警铃声响起
我挺立成一座高高的山峰
也许你不知道我是谁
因为我的背影和你一样
当恶浪滔天
泥浆会遮挡我搜救的双眼
但激流中我会劈波斩浪
在浪尖上托举生命
当你转过头回望的时候
我会消失在你的视线里
请不要流泪
你会忍不住说出我的名字
我想看你的微笑
哪怕只有一秒
我是晨曦中的黄河
我是晚霞里的天池
我的情愫
还是那么奔放那么柔情
因为我爱得纯粹
因为我爱得热烈
这是我对这片大地深情的告白

假如无法回来

那么就让我变成河流

化作山脉

让黄河上拂过的风

证明我曾经来过

让我在风浪里搏击

让我在烈火中永生

请告诉母亲

我就是最旺的那团火

是奔腾的河

是高耸的山岗

是炽热的太阳

是宁静的夜晚

因为我是这片土地的儿子

辑四　时光碎片

吊桥

吊起乡愁
一头是雪山
一头是远方
梦中的彩虹
将昨日的星辉偷运
吊在天上
落在水里
月圆时渡年少
风穿过桥拱
将往事搁浅
钢索架起回忆
浪击沉的魂
遗落在黄沙里

一片叶

最后的绝唱

风剃度的季节

瘦骨撑起高原

冷月清照一河秋水

咆哮着的风也沉默了

一行深秋的眼泪

还在流淌

涉过你的河

等你漂流

我在车轮上

刻一行离别的挽歌

清水湾

我用一生泗渡你多情的臂弯
追逐你温润的浪花
在年轮的渡口
放逐命运的羊皮筏子
我在浪尖上摆渡
惊涛骇浪
让我站成不倒的积石
抚摸你如瀑的长发

来自中亚的我
邂逅石巷的街角
高天炽热的太阳
把我黄色的肌肤
烧炼成刚毅的山峦
日夜守候在你的身旁

你旷世的回眸浅笑
惊艳了少年的我
抖落一地的风尘

守望你
三月的桃花
九月的红辣椒
腊月的飞雪
月夜的花儿

我偷渡你美丽的今生
来世铭记你不老的容颜
划过你的心海
在生命的彼岸轻诉对你的苦恋
把你的名字念给风
请接纳我无限的牵念

涉过你夜里的妩媚
淌过你汹涌的柔情
听过你低声的私语
看过你迷茫的悲泣
忘不了

辑四　时光碎片

最后的回头一望

我牵住你纱巾的一角
柔肠寸断
最是那低头的含羞
让我魂牵梦绕
离别的泪眼朦胧了你的模样
见不到你的日子里
放飞河鸥
黄河的清水湾
我的泪水滚滚而来

渡黄河

梦醒后的一弯浅笑
舒缓地伸伸懒腰
一抹红纱覆面
梨花在河岸边梳妆
一河流香

炊烟缥缈
晨雨洗涤着农庄
少女手上的玉镯
叮当作响

积石延伸昆仑的臂长
最后的回望
看重整旗鼓后的皮筏
再一次踏歌起舞

渡黄河

白云
雪山
连接黄土
身后是牧场
还有广阔的高原

将自己
打造成冷峻的汉子
涂一身太阳的颜色
搏击风浪
最后的筏子客
渡黄河

孟达天池

把一泓池水举过头顶
那是天空的眼睛
在雄鹰飞翔的高度里潋滟
寒山雪水中满是你的传说
听得惯大河咆哮
承得起激浪拍打
用你的泪水
擦拭心灵的明镜
升腾起一个心湖
喊山
回音撞碎思念
写在桦树皮上
热泪催动大河奔流
所有的接纳都是灵魂的回响
你的天边
孟达天池复制在游子的梦里

辑四 时光碎片

彩虹瀑布

无路可走
选择奋不顾身
弹奏高山流水
纵身一跃
把遗言说给太阳
留下七彩的美丽
永不消逝

口弦

夜语者总在黄昏后
枕边吹过情歌
秀发如溪
浇灌初开的花朵
巧舌拨弄心头的痒处
唇是你
齿是她
贴耳的话
说了一年又一年

巧姑托起碧空的月
刚好她十七
他十八
那一夜月真圆
情话说到天亮

辑四　时光碎片

风沙掠过故乡的夜
弹拨风与霜
红口白牙说的话
黄河留步
天池沉醉
山丹花一样的女子
积石山一样的男儿
穿过黑发的手
如歌的岁月

焐热初恋的情话
连同黑夜私奔
刺玫花
嫁到了远方
只留下守夜的阿狗
吠着长夜

挥霍黄昏到黎明
铜打的簧片失语
听说阿丽玛回来过
留下泪水
带走了月亮和思念
绣在枕头上的蝴蝶飞了

清水湾诗语

春风吹过那道湾
找到雪域的春天
二月龙舞
大河拐弯
扭动灵巧的身躯
只为阿娜深情回眸
那眼如泉
干净得能照见灵魂
村舍寂静
听得见被黑夜掩盖的声音
登高远望
看得见云层之上的月

辑四　时光碎片

晨露上的故乡

月亮的泪
流进山村清池
黎明的犬吠
惊醒村姑
唤醒赤峰下的梦中蝶庄

炊烟之下
用轻墨涂染赶羊的村巷
一朵菊花正艳
一行诗句滴着露

秋菊没有你妩媚
面容比昨夜的月亮更美
山娃在牛背上横吹劲笛
吹出一片金黄

清水河
雪山放逐的欢歌
流过门前流向田园
浇透了火红的辣椒

孟达天池归来

剩下最后一片叶
一双手
抓不住季风
空手而来
目送云落一泓

叶归何处
听秋虫呢哝
系好鞋带
随手拈红果一枚
却被松塔击中
山里红笑了

冬天的雪还没飘洒

落叶却如雪

累累秋殇

风把守的季节

松鼠掩埋的种子

开始在地里发芽

花海

乙日亥村落的花
百年以后
向高天深情告白
远方的家搁浅在
花海深处

古老被洗尽铅华
廊桥弯曲
诉说着曾经的梦
康壮的彩门
风轮转出时代的凯歌
村庄像花儿一样怒放
一场美丽的邂逅
让你的容颜
绽放缤纷的色彩

蝴蝶飞过桑田
八百年荒野的荆草
两河相拥的地方
等待开满鲜花的盛宴
花蕊引蝶起舞
香飘云天之外

就让我
摘一朵玫瑰入怀
把爱写在花瓣上
蜜蜂采花忙
酝酿甜蜜的日子

等你走过那片花海
在盛开里驻足
遇见太阳花的光芒
就让最美的花开在你的目光里
相约花海
不见不散

线辣椒

焰山
点燃火红的岁月
你的身形
三弯一钩的火辣

如曲折的东迁传说
像曲折的清水湾
是曲折的黄河源头
那一钩是故乡的残月
是相思
是乡愁

轰轰烈烈的岁月
红红火火的日子
是故乡人心里的火焰

是屋檐下挂着的风景
红的如血
艳的似霞

尝一口线辣椒
像在浪尖上行走
藏在民族血液里的
都是火辣辣的豪情

辑四 时光碎片

蝴蝶起舞的地方

——写给孟达山花海

大山托起你的容颜
高天太阳催熟的少女
在蓝天白云间寻找你的美丽
是欲罢不能的羞涩
还是无人拨动你的芳心
为何在天地相接的地方
痴痴等待我的到来
豪饮七月的柔风
比野花更加缠绵
为何苦苦等待

爬到云的高度
掀起你的面纱
在大山的怀抱里怒放

积攒千年的痴心
如此脉脉含情
曾千里寻梅
万里踏雪
这一刻如此惊艳

笑我多情吧
和你对视
花容让我彻夜难眠
你知道吗
这一刻我用眼睛
用鼻子
这一刻我用言语
无法表达你的妩媚
让我沉醉在你的芳香里

是谁因迷失而哭泣
你却躲在深山偷笑
你要让我在这里洒满思念
我会在这里遥望
让黄河水冲洗千年风尘

辑四 时光碎片

趁着花好

把故乡的恋曲倾诉

驻足十万朵花儿里

相思只有一个

孟达山袅袅炊烟下云中的故乡

揽一山柔风

吹进梦里

在这里可以拥抱天空和流云

把梦给长夜

积石山

转身挥别
流淌着昆仑的遗泪
山水间等待

平静后的乡愁
秋月中你瘦削的影子
涛声远去

流云
丹山
红辣椒
一缕炊烟

驼队
清泉

千年风雪

晚霞里
一只河鸥
飞向母亲的暖巢
填补黄昏

大地诗歌

金属与土地撞击的声音
献给大地吧

每一次涂鸦总能开出花朵
美妙的时光在年轮的圆点上重逢

千年刀耕火种
一颗诗意的心
穿越时空

诗文耕种古老的土地
一声号子
留下惊人的诗句
举起锄头敲击黄土的胸膛
将诗埋进大地
金秋里收获芬芳

炉子

与火私语
浓烟与温度
熏红的泪眼里
找到了母亲的影子

童年
——写给六一儿童节

捡拾麦穗

背斗里的秋天

高高的谷堆之上

被风撕裂的门再也挤不进我的童年

磨盘像祖母的独牙

无法咀嚼岁月

火膛里的火灭了

煤油灯点燃少年的夜

照亮小人书里的英雄

土屋在油灯的映照下生辉

少年填充饥渴的精神食粮

母亲的针线穿过日子

影子深刻在斑驳的墙壁上

以大地为笺石子为笔

写下理想
以短笛为乐黄牛为骑
吹出斜阳
望着天向往山那边的世界
打着补丁的冬天很温暖
谁能抛开记忆中的童年

马路天使

——写给环卫人

你写下的诗行

橘色和朝霞一起燃烧

岁月做证

给我一个美丽的理由

渡城人啊

如太阳照亮街区

导污疏垢

驱赶钢筋水泥里的郁闷

在纷扰的世界

打理着清净

尘埃落定后

捧出一轮朝阳

皲裂的手指伤口用灰土止血

踮着脚

辑四　时光碎片

刮除都市的牛皮癣
高楼丛中
万家窗口亮起灯火时
你
像一盏橘灯
在星光与灯火之间游走

赶集归来

用大海深处摇曳的红珊瑚
装点胸怀
把霞光涂在脸上
添一抹高原红
深度的向往
蓝天的依恋
赶着太阳归来
羊皮袄抵御着风雪
把春天的色彩复制在身上
无须描眉画唇
一身盛装
抵消人稀巷空的冷清

何须皮袄着身
若不是离你最近

辑四　时光碎片

谁的笑

会如此灿烂

填充空旷的小巷

寂寥的山村

左手举着香甜

右手拎着幸福

回眸一笑

醉了时光

一路芬芳

——致敬巾帼英雄

踏浪

在黄河源头

问一声归燕

为何羽毛里沾满南国的雨滴

梳理河岸的柳枝

是谁剪短了你的秀发

寄回江南的胭脂

长发拂过我的脸颊

打开三月的扉页

春天的书缝里

飞出蜜蜂和蝴蝶

听见你澎湃的心跳

母亲的女儿

丈夫的妻子

辑四　时光碎片

惜别的恋人
春天放飞的信鸽
舞动天使的翅膀
拨动远方的牵念
生命里
流淌着一首赞歌
年幼的孩子在呼唤
年迈的父母在眺望
记得嘱托
你是人民的女儿
听风铃倾诉
话语堆砌成思念
浪漫的花季
选择了美丽风景
归来时一路芬芳

孟达部落

1

注定演绎一场山高水长

风刻的褶皱里开满野花

坐视昆仑的掌纹

九十九道弯曲的画轴里

雪线上弹拨山河交响

一道闪电

一片雪花

深锁在眉宇间

在黑大山雄鹰驻足的孤峰上

泅渡天空之睛

雪狼巡行的垭口

翻过鹰唳的山梁

被遗忘的你

喊山

辑四　时光碎片

空谷回答你的名字
沿着生命的脉络
杖木而行
西沉的斜阳拉长瘦削的影子

2

风动衣角
遥应暴雨的狂啸
向着深涧的水声
向着高处的崖柏
荆棘缝死的丛林
惊心的雾崖
雪鸡邀约六月飞雪
啄食干裂的红果
呦呦鹿鸣
惊出松鼠飞出锦鸡
守护林麝的领域
百灵歌唱
松塔馈赠的山谷
翠绿荒芜
深秋的桦叶上
飘落烈日和风霜

约定着走过生命

哪怕风割破我的脸颊

滴血的十指

也要托举起巍峨的山峦

野草莓通红的时候

亮翅的蓝马鸡舞动羽翼

用风解读四季密码

3

灌一壶风霜雨雪

守望者孤独地咏叹

将誓言咽进痉挛的空腹

苦涩的山杏

喊醒六月的山丹花

蜂蚊叮咬肌肤

和跨过千山的双脚

黎明起程

足迹遍布黑夜沉睡的山道

启明星引路

匍匐越过林地

眼睛凝望天池的湛蓝

瀑布解读着太阳的遗言

涧水擦拭人生的明镜

青松挢直苍劲的骨干

卸下布衣

落日晚霞中

和大山同眠

听天籁之音

寻找塔加

带我到山顶

听不见马帮的铃声

秋水引领

铺满黄金的九十九道山路

白云深处

姑娘迷失了回家的路

遥远的村落

汉子去了山外

母亲的头顶落满了白雪

门窗敞开

听风敲梦

写在脸上的期待

嗔怪的笑语

红霞在女儿脸上燃烧

赶羊去天上放牧
雪舟驮着所有的家当
载着四季生命在转场
鹰的领域
像祖父脸上的褶皱
收获梯田岁月的给养
牛粪烧开千年的冰雪
奶茶伴着青稞咽下一生的承诺
向西
寻找古刹暮鼓
送一轮紫日
长河如血

两瓣橘子

父亲不能说话了

右手摸了摸胸口

左手指了指天

我明白

告诉我用心做人

立于天地

给父亲喂了一瓣橘子

第二瓣他喂给了我的儿子他的孙子

儿子笑了

我却泪如江河

辑五

红色之恋

红星耀中华

——循化红光村有感

从虎豹口翻飞的滔天巨浪里
听见远征的号角
从祁连山猎猎狂风中
看见如画的战旗
从倪家营如血残阳里
看见冲锋道路上倒下的身躯
荒野的风一直在呜咽叹惋
年轻战士
花季女兵
不用冰冷的文字叙述你的芳华
只愿留住你永远的青春时光
充满愤怒的双眼
蔑视凶残和不义

听见了"红军万岁"的振臂高呼

擦亮的刺刀

散落的草鞋

告诉我这双脚走过雪山草地

走过二万五千里长征

后辈没有停止前进

信念在脚下生风

朝着新中国的方向

在高高的四角楼上

凝望五星红旗

四百名战士也曾朝着北方

站在宣礼楼上望着狼烟烽火

信仰在这里升华

我知道冰凉的砖瓦记录着血雨腥风的日子

红色记忆里结着厚重的血痂

逝去的硝烟和伤痛

柠月下看见山河如画

在黄河边唱晚

着军服

唱红歌

红星照耀下灵魂永存

在老人如雪的白发里
在婴儿学语的咿呀间
在绣娘飞针走线的红旗里
在挥舞丰收的镰刀下
在工匠淬火的钢花里
你看见了吗
红星在闪耀

辑五　红色之恋

绣党旗

朝霞映红脸颊
一针一线
炮火曾一次次将旗子撕裂
我缝合
被子弹洞穿的枪眼
鲜血浸染的红色
风中猎猎
绣针刺破手指滴血红旗
千针万线
绣出共和国的底色
指甲尖染上凤仙花
一丝红线
一颗红心
紧紧连着党旗

祖国万岁

我在世界之巅高呼
雪域儿女献给母亲最响亮的生日祝福
犹如长江黄河
每一朵浪花都是献给你的赞歌
你的撒拉儿女
献上如白雪般圣洁的祝愿
愿你的大地一片金色麦浪
昆仑回响祁连庄严之声
金鼓齐擂松涛和鸣
我是万里青藏
是天路上飞驰的列车
是中华大地上滚滚的血脉

当我思念家乡的时候
五星红旗在我的胸前飘扬

呼唤你的时候
常用右手按住胸膛
你是我跳动的心脏
亲近你的身躯
读懂了上下五千年悠长

祖国啊
我是你的生日蜡烛
我是升腾的烟火
我是十月最美的祝愿
我是高原上的青稞麦穗
在国徽上熠熠生辉
我是雪域放飞的牧歌
叹你的草原牛肥马壮

祖国啊
挺立起来的巨人
长江长城万里奔腾
黄山黄河壮美岁月
你是我生命的荣光
你是我永远的烙印
这里有养育我的大地

这里有滋养我的河流
这里有我生生不息的民族基因
你是我跳动的脉搏
今天
我要说
我爱你中国